BROTHER × BROTHER

HIROTAKA KISARAGI

3

- Story & Charaktere - BROTHER×BROTHER

Die 3 Shirakawa-Brüder

Der jüngste Bruder – seine Mutter ließ sich von Kaoru scheiden und nahm Soichiro mit sich, darum auch der Nachname „Sonooka". Dem Testament seines Vaters folgend, zieht er bei seinen zwei älteren Brüdern ein. Er ist auf dem besten Weg, Schauspieler zu werden. Ehrlichkeit und Agilität sind seine Stärken.

Zweitältester Bruder – als uneheliches Kind einer Schauspielerin wuchs er unter schrecklichen Umständen auf. Jetzt lebt er mit Masato zusammen und arbeitet in einer Küche. Eine geheimnisvolle, kühle Schönheit.

Ältester Bruder – weil seine Mutter, die in der Filmbranche arbeitete, Kaoru heiratete, wurde er in die Shirakawa-Familie aufgenommen. Jetzt ist er ein junger, viel versprechender Artdirektor. Sein wildes und selbstbewusstes Wesen macht seinen Charme aus!

– Verbindungen –

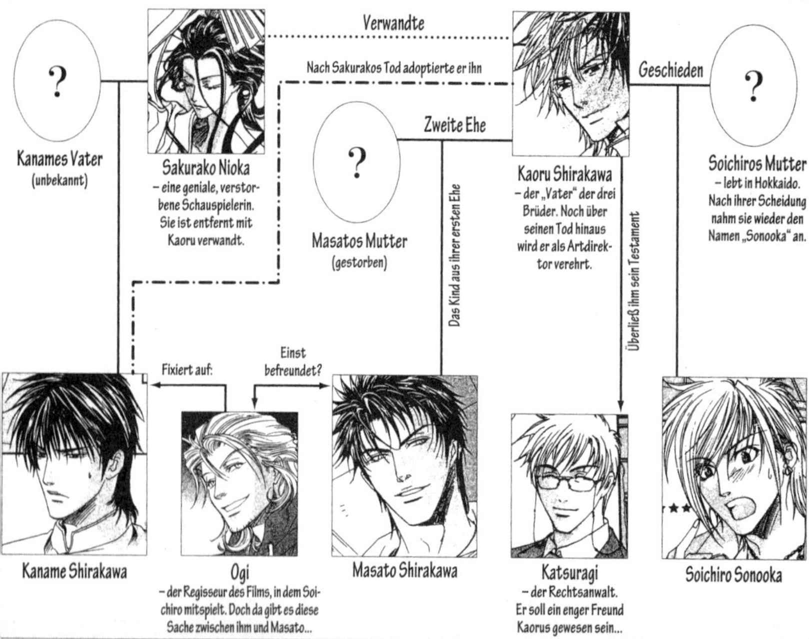

STORY

scene 6

Die Fesseln der Vergangenheit:

Kaname verlässt das Haus, und niemand weiß, wo er ist – Masato erzählt Soichiro von Kanames grausamer Vergangenheit.

scene 7

Erlösende Umarmung:

Kaname, der mit seiner Vergangenheit abschließt, wird von seinem Stiefvater attackiert, doch Soichiro rettet ihn im letzten Augenblick. Er umarmt Kaname, der schwer an seinen seelischen Wunden trägt, und vertraut ihm etwas an.

scene 8

Das Ende der Normalität:

Das Rückblick-Kapitel, in dem Masato Kaname von Kaoru vorgestellt wird. Masato, der von heimlicher, unerfüllter Liebe zu Kaoru erfüllt ist, streitet sich bald mit Kaname.

scene 9

Das Überschreiten der Grenze:

Masato führt eine Beziehung mit Kaname. Von Kaoru erfährt er die Wahrheit über Kanames Vergangenheit. Schuldgefühle plagen Masato. Kaoru vertraut ihm dennoch Kaname an – das Rückblick-Kapitel 2.

scene 10

Ein bindender Vertrag:

In ihrer ausweglosen, emotionalen Situation brauchen Masato und Kaname sich gegenseitig. Sie schließen einen Vertrag und werden „Komplizen", um Kaoru seinen Wunsch zu erfüllen – das Rückblick-Kapitel 3.

scene 11

Familienbande:

Kaorus wahre Absichten werden Masato klar, als er vor dessen Grab steht. Masato begreift, wie tief Kaorus Gefühle waren. Er schließt mit seiner Liebe zu Kaoru ab und beschließt, gemeinsam mit Soichiro und Kaname als Familie weiterzuleben.

BROTHER × BROTHER 3

INHALT

BROTHER×BROTHER
area 12
Mutter, wie geht's dir so in Hokkaido?
Zwei Wochen sind vergangen, seit ich in dieses Haus gezogen bin.
An meine zwei neuen Brüder habe ich mich so weit gewöhnt.
Mit meinen Schauspiel-Ambitionen komme ich auch voran...
くあ
...nur
Ah... Ich bin beim Drehbuchlesen im Wohnzimmer eingeschlafen.
Egal...
...Ich hatte wohl einen schönen Traum.
Nh...
...Soichiro...?

Wa?!
Was ist denn jetzt los?!
... des Öfteren noch...
... geht es hier ziemlich drunter und drüber.

BROTHER×BROTHER area 12

Ka... Kaname-san! Wieso bist du hier...?!
Nh... Ah...
Ah!
... Ich war schon früh wach und sah, wie gemütlich du geschlafen hast, da...
... wollte ich auch...
Ich... ich habe nichts getan! Das glaube ich zumindest!
Nein, ich...
... dachte nur gerade...
... dass ich dir wieder...
... Unannehmlichkeiten bereitet habe.
Hör zu...
... Kaname-san...

Was auch...
... immer du tust, mach dir wegen mir keine Sorgen.
Also...
Soichiro...
... Entspann dich bei mir, wie bei Masato-san.
Wir sind doch...
... Brüder, oder?

Uargh?!
Ich habe die ganze Nacht geschuftet...
... und ihr macht hier rum?! Wie nett!
Wer... Wer macht hier rum?!
Und wieso krieg nur ich was ab?!
Ah, willkommen daheim, Masato.
Lass dir das eine Lehre sein. Auch Brüder sollten sich mit Vorsicht begegnen.
Ffffh...
Was soll das für eine Lehre sein?!
ぎゃん ぎゃん
Hey!
Hey!
Also, hört mal, ihr zwei...

Wollen wir jetzt...
... früh-stücken?
BLITZ-SCHNELL
Ja!
Yo!
Guten Appetit!
Masato...
... dein Projekt ist ja diesmal richtig umfang-reich.
Ich dachte, du hättest mehr Zeit, wenn dein voriger Auftrag erst mal fertig ist...
Mein Lehrer, Artdirektor Matsuyama, ist krank. Ihm verdanke ich viel...
... darum vertrete ich ihn und erledige seine Arbeiten.

Stimmt, Masato-san arbeitet neben dem Studio, in dem ich drehe.
Diese...
...Wahnsinnskulissen hat er gebaut... Ein Talent wie Vater...
Sag mal...
...ist dieser andere Film schon fertig?
Seit wann...?
Hm?
Schon längst.
Du solltest aufmerksamer durchs Leben gehen.
Tut mir leid...
Wie laufen die Dreharbeiten bei dir?
Äh... die „Leidenschaft in Licht und Schatten"?
Es macht Spaß! Da spielen viele mit, die in meinem Alter sind!
Ah!
Wir feiern heute, dass der Film fast im Kasten ist...

„Die verstorbene Hauptdarstellerin, Sakurako Nioka war..."
„Bitte sag meiner Mutter nichts!"
Ähm...
... Am besten rede ich nicht vor Kaname-san darüber... oder?
Ich...
... werde heute auch nicht zu Hause essen können.
Sorry.
ガタ
Das...
... passt sogar. Ich bin heute Abend auch weg.
Ich habe mich...
... für eine Therapie entschieden. Katsuragi-san hat mir einen Therapeuten empfohlen.
Hä?!

Ich will meine PTSD*... mein Trauma bewältigen, erst dann...
... kann ich wirklich mit meiner Vergangenheit abschließen.
* Abkürzung für Post-Traumatic Stress Disorder – Posttraumatische Stress-Störung
Damit ich...
... niemandem mehr zur Last falle...!
Kaname-san...!
Ich helfe dir dabei!
Sag mir nur Bescheid!
Danke, Soichiro.
Stimmt...
... auch ich muss mich langsam entscheiden.
...?
Was meinst du damit?

Was dieses Haus angeht, zum Beispiel.
Das Recht auf das Haus hat von uns dreien der, der nach einem Monat noch hier ist.
Das hast du doch nicht vergessen, oder?
Ehrlich gesagt hätte er es beinah verges-sen...
Ungh...!
Aber auch...
... Masato-san und Kaname-san arbeiten hart.
Wenn ich ein guter Schauspieler bin...
... werde ich mich irgendwann mit meinen Brüdern und meinem Vater messen können...!

Hallo! Äh...?
Hä? Wollen die uns alle interviewen?!
Uns, die Nebendarsteller? Ne!
Die wollen alle Tachibana interviewen.
Hä? Ist er so berühmt?
Idiot! Hast du das nicht gewusst?
Miroku Tachibana, der Prinz der Filmwelt! Alle schwärmen zurzeit für ihn!
Du solltest aufmerksamer durchs Leben gehen.
Wieso bist du so traurig?
Passt nicht zu dir.
Das habe ich heute doch schon mal gehört...
Eine Frage, Tachibana-san.
Der Schauspieler, der die Rolle des Yu spielen sollte, ist kurz vor Beginn der Dreharbeiten ausgestiegen, darum...
... fand ein weiteres Casting statt, an dem Sie dann teilnahmen.
Wieso wollten Sie diese Rolle unbedingt haben?

Also...
... ich hatte bei der Abschlussarbeit von Regisseur Ogi mitgespielt. Das war der Anfang meiner Karriere als Schauspieler.
Seitdem wünschte ich mir, wieder mit ihm zusammenzuarbeiten.
Ich fühle mich geehrt, dass mir diese wunderbare Gelegenheit zuteilgeworden ist.
TRÄUM
Ooh...!
Tja...
... Er ist nun mal anders als wir, was?
Kommt! Wir müssen zum Dreh.
Ja.
... Miroku Tachibana...
... Ja?

Action!
Du willst wissen, wieso ich kämpfe?!
Um aufzusteigen! Wirfst du mir das etwa vor...
... Yu?!
Shozo! Wir kämpfen für unsere Brüder...
... und unsere Eltern, die uns aufgezogen haben.
Wenn sie überleben, ist unser Kampf nicht sinnlos, selbst wenn wir dafür sterben müssen.
„Brüder"?! Ich spucke auf sie!
Die denken doch alle nur an ihr eigenes Überleben!
Sie verkaufen sich für Geld! Diese Leute sind mir egal!
Shozo...!
Lass dich hier nie wieder blicken!

Also...
... ich sollte ihn besser nicht wirklich schlagen, oder?
Mir wurde gesagt, ich solle nur so tun als ob...
Hä?!
Okay, cut!
Großartig! Das war sehr spannend, ihr zwei!
Er ist richtig hingefallen! Alles okay bei ihm?
Ich hab ihn doch gar nicht...

Was sollte...
... dieses Schauspiel gerade?
Wozu haben wir so heftig gestritten und die Spannung erhöht? Das war unsere Abschiedsszene, oder?
Wenn du nicht bei der Sache bist, vermasselst du alles.
Aber...
... hätte ich dich wirklich geschlagen, hätte ich dich verletzt!
Der Regisseur sagte selbst, ich solle nur spielen...
Du bist nicht hart genug.
Wenn du einmal deine Arbeit vernachlässigst, wertest du damit alles ab, was du bisher geleistet hast.
Gehe keine Kompromisse ein, wenn du nach oben willst!

So ist es nun mal in dieser...
... Welt.
Mist...!
Was er gesagt hat, war echt ätzend und echt cool gleichzeitig! Verdammt!
非常用
Ah!
Hi! ♥
Da bist du ja, Sonooka-kun!
Regisseur Ogi!
SCHRECK
Wieso ist er so gut gelaunt...?
Hör mal...
... erinnerst du dich noch an „die Bedingung“?

LÄCHEL
„Nur unter...“
...„einer Bedingung.“
Ah...!
Vielen Dank für die Adresse von Niokas Haus. Das war...
... sehr hilfreich.
Ja, ja...
... Es geht mir um deine „Schulden“.
ぴら
Du hast sie mir schon...
... zum Teil zurückgezahlt. ♥
Hä?
Aber ich hab doch gar nichts getan...
Ja, da hast du völlig recht!
Weil du diese Schulden niemals zurückzahlen könntest...

... erledige ich das alles für dich!
ANGST!
Masato-san?!
Wieso bist du hier ...?!
Lass mich dich erst etwas leiden sehen...!
Ich versteh kein Wort, aber es tut mir leid... Aua!
Hiiiiiii!
Auaua! Auauaua!
Seit unser Artdirektor schon wieder ausfiel...
... wünschte ich mir jemanden, der ihn ersetzt.
Ich habe dir schon heute Morgen gesagt...
... dass mein Lehrer krank ist.
Ogi hat extra neue Szenen hinzugefügt, als er hörte, dass ich meinen Lehrer vertrete!
Hach! Ich danke dir, Sonooka-sama!
Fuuuh
Ohne eine Gelegenheit wie diese würde Masato nie mit mir arbeiten!!
Hiii!

Jetzt, wo Miroku dabei ist, haben sich alle Hauptakteure der Abschluss-arbeit wieder vereinigt!
Ich werde mich selbst übertreffen! ♥
...
Tss!
Er ist und bleibt ein Scheiß-kerl...!
Ah.
Ach ja...!
Die neuen Szenen...
Szene 23 5
Die Personen
Shozo – Soichiro Sonooka
Hä?!
Regisseur Ogi! Was soll das...?!
Ah, genau...
...Für diese Szene...
... brauchen wir noch einen Darsteller.
Szene 23 5
Die Personen
Shozo – Soichiro Sonooka
Konoha (die Silhouette) – Kaname Shirakawa

... bei diesem Film mitspielen...?!
D-Das ist unmöglich!
Nicht wahr?! Masato-san!
Wer weiß?
Kaname-san soll...
Du musst Kaname-kun herbringen.
Das ist die Bedingung, die ich stelle.
Kaname soll selbst entscheiden.
Ich werde seine Entscheidung akzeptieren.

Masato-san...?
Ich werde viel zu tun haben.
Darum...
... musst du Kaname jetzt beraten.

Also...
... darauf, dass unser Film „Leidenschaft in Licht und Schatten“ ein großer Erfolg wird...
... stoßen wir zusammen an!
Hey, hey! Ich hab davon gehört, Soichiro!
Prost!
Danke für die super Zusammen-arbeit!
In den neuen Szenen spielst du quasi die Hauptrolle, ja?!
Klasse! Du machst Karri-ere!
Äh... ja...
... aber ich weiß nicht, ob ich das schaffe.
Ach, was redest du da? Das ist deine Chance!
Ah, wir wollen dich leiden sehen!
Du, du, du!
Ob das mein Schicksal ist?
Hör mal...
... du...

Äh...
...ja.
Aus der Nähe betrachtet...
...sehe ich erst, wie gut Tachibana aussieht...
Was ist?
Ich möchte dich etwas fragen.
Hast du Zeit?
Geht es um die Sache von vorhin?
Ja...
...Hör zu...
...Es ist zwar nur eine Kleinigkeit, aber...
...mich interessiert es nun mal.
Wieso...

... bist du Schauspieler, obwohl du nicht begabt bist?
Hä...?
Wieso fragt der Typ...
... mich so was...?
Aber...
... Talent ist doch nicht alles, was zählt, oder?
Doch...
... Ohne Talent wirst du irgendwann aufgeben.
Außerdem...
... hatte dein Vater...
... außergewöhnlich großes Talent, nicht wahr?

Mir gefällt es, Schauspieler zu sein!
Klappe!
Ich bin nicht mein Vater! Er war nicht ich!
Ich mache das, weil es mir Spaß macht!!
Und danke für den Kommentar, ich sei talentfrei!
Dieser Kerl weiß nichts...
... und macht trotzdem auf Besserwisser!
Ah...
... jetzt sehe ich schon klarer.
Du bist...
... also wirklich „lustig".

Fühlt sich wie ein Loser
„Lustig"?! Das Gleiche gilt auch für dich!
Ist das alles?! Dann gehe ich!
Oh Mann! Ich bin ganz durchein-ander!
Ja...
... Bis später...
... Soichiro.
Also wirklich...
... dieser Typ ist komisch...

Was hast du vor, Miroku?
Du zeigst...
... Interesse an Soi-chiro...?
Wie immer frei raus, wie?
Was höre ich da? Du und er, ihr seid jetzt Brüder?
Du bist ja bestens infor-miert.
Ich habe immer jeman-den, der mich informiert.
Du...
... hast dich nicht verän-dert.

Also...
... was willst du von mir, Masato?
Lass die Finger von ihm!
Soichiro ist anders als wir.
Er ist ein einfacher, aufrichti-ger Junge.
Zieh ihn nicht in dein Leben mit rein!
Dass du so auf ihn ab-fährst...

Jetzt finde ich den Jungen erst richtig interessant.
Das...
... verstehst du doch, oder?

Uh...!
Uuh...
... Scheiße...!
Hä? Ich war gestern auf der Party...
... hab mich volllaufen lassen, und...
... was ist dann passiert?
Hab wieder im Wohnzimmer geschlafen...
Uh...
BUBUMM...
Hä?!
Ist das wieder Kaname-san...?!
Ka... Kaname-sa...

Ah...
... Morgen...
... Soichiro.
Was soll das?!
Mutter...
... Auf einen geregelten Alltag warte ich noch vergebens...
area 12 × ende

BROTHER×BROTHER

area 13

Wa...?!
Wieso schläfst du neben mir in meinem Haus, Tachibana?!
Wieso „Tachibana"? Das klingt so unpersönlich...
Nenn mich „Miroku".
Willst du...
... wissen, was letzte Nacht...
... passiert ist?

Willst du das...
... Soichiro?
„Soichiro?“
Nichts ist pas- siert! Ich habe nichts getan!
Da bin ich mir ganz sicher!
Was hast du vor?!
Was wohl?
Nur auf diese Weise kann man seinen Partner doch erst richtig kennenlernen, oder nicht?

Wenn ich es mit jemandem tue, kann ich ihn durchschauen.
Ich will mehr über dich wissen.
Deshalb...
... lass uns Sex haben, okay?
Wa...?!
Ver-arsch mich nicht!!
Kannst du...
... wirklich zuschla-gen?

Ngh...!
Stimmt, wenn er sich jetzt verletzt...
... müssen die Dreharbeiten...!
Also ehrlich, du bist wirklich nicht...
... hart genug.
Und jetzt...
... guten Appetit!
Hä?!
Wa... Warte...!

Waaah!
Entschuldige, Masato...
... dass du mich doch abholen musstest.
Hm?
Ich musste sowieso nach Hause.
Ogi soll mir das Fahrgeld zurückzahlen, da er die Party so hingezogen hat.
Ich habe dich doch immer überall abgeholt, oder? Mach dir also keinen Kopf, Kaname.
Ja...
Trotz-dem...
... darf es keine Gewohnheit werden.

Kaname?
Da ich bisher wegen meiner Anfälle immer nur kurzfristig arbeiten konnte...
... war ich finanziell völlig von dir abhängig, Masato.
Aber...
... ich darf mich nicht immer von dir verhätscheln lassen.
Deshalb habe ich meinen Chef von der Bar gefragt, ob ich meine Arbeitszeiten Schritt für Schritt verlängern kann.
Und ich werde...
... ver-suchen, allein nach Hause zu kommen.
...
So ist das...?
Wir...
... haben uns also, ohne es zu merken, so sehr voneinander abhängig gemacht?

... wir haben bisher wie Komplizen gelebt.
Du hast recht...
Ich habe ein Ventil für meine Gefühle in dir gesehen und du hast mich gebraucht, um deine Anfälle zu lindern.
Aber...
... unser Vater, den wir täuschen mussten, ist nicht mehr da.
Masato...
Jeder von uns beiden...
... sollte damit aufhören, in dem anderen seinen Fluchtweg zu sehen, oder?

Weder du noch ich sind so geschickt, dass wir gleichzeitig beides füreinander sein können.
Sonst können wir auch keine Brüder werden, denke ich.
...
Ja...
... Mein Therapeut hat auch gesagt, dass...
... es nichts bringt, vor meiner Vergangenheit wegzurennen.
Wichtig ist es, zu verstehen, was mir damals passiert ist.
Es sind zwar Dinge, die ich am liebsten vergessen wollen würde...
... aber ich bemühe mich.
Weder dir noch Soichiro...
... will ich weiter zur Last fallen.

„Ich hab dich lieb...!“
Soichiro...
... wird dich nie für lästig halten.
Hä...?
Du treibst dich selbst zu oft in die Enge.
Versuch mal, deinen Frust an Soichiro auszulassen...
... das wäre interessant.
Ich bin aber nicht wie du, Masato.
Ah...
... Und trotzdem...

...Wenn ich an Soichiro denke...
... habe ich das Gefühl, dass ich stark bleiben kann, wie schwer ich es auch habe.
Wieso...?
Was bedeutet er mir?
Was ich für ihn empfinde ist anders als das, was ich für Masato empfinde.
Was ist das für ein Gefühl...?
KLACK
... Hm?

Was...? Die Tür ist nicht verschlossen...
Hey! Soichiro!
Schließ die Tür ab, wenn du schläfst, zum hundertsten...
... Hi!
Ihr seid zurück!
Ich wollte mal vorbeischauen! ♥

Ma...
... Masato-san?!
Uah!
AUSEINANDERREISS
Was...
... macht ihr da?!
Nichts!
Bin ich gerettet oder nicht...?!
Ich konnte nichts tun...!
Wie gemein, Soichiro.
Verdutzt
Hör auf, die Sache noch komplizierter zu machen!
Ah! Äh... Kaname-san! Das war nur...
...

ふい
Du... Du irrst dich!
Ich hab nichts getan! Da war nichts!
... Miroku!
Keine Sorge, Masato.
Leider war da wirklich noch nichts.

Auf der Party gestern Nacht trank Soichiro-kun, bis er nicht mehr stehen konnte...
... deshalb brachte ich ihn nach Hause, aber das Taxi fuhr ohne mich weiter...
... also hatte ich keine andere Wahl, als hier zu übernachten.
Uff...
So...
... ist das gelaufen...!
Na ja...
... Ich hab es heute zwar nicht geschafft...
... aber ich gebe...
... nicht so schnell auf.

Wa...?!
Also dann...
... ich glaube, ich sollte besser gehen.

Bis bald, Soichiro.
Wir sehen uns im Studio.
Äh...
...Hat er mich geküsst?!
Meint er das etwa ernst...?!
Ich dachte, er wollte nur Unsinn machen...
...Egal...
...Ich muss irgendwas...
...sagen...
...damit Kaname-san...
...das nicht falsch versteht...!

Hä?
Wa...!
Warte!
Kaname-sa...!

Dieser Blick...!
Bin ich...
...schuld daran...?
Soichiro!
Halt dich von Miroku fern, außer bei der Arbeit.
Wenn er dir zuwider ist, dann schaff ih dir vom Hals, und wenn du ihn schlagen musst.
Du bist in so vielen Momenten noch unentschlossen...
...dabei verletzt deine Unentschlossenheit andere.

Kapiert? Und jetzt...
... geh an die Arbeit!
...
Ich...!
... Cut!

Sonooka-kun!
Was soll das?
Du spielst nicht!
Regisseur Ogi...
Einen Textfehler hätte ich ja verziehen, aber nicht, wenn du deine Gefühle falsch einsetzt.
Hast du das Drehbuch wirklich gelesen?
Ich sagte bereits, dass alle Szenen dieses Werks wichtig sind.
Ich brauche keinen Schauspieler, der beim Spielen geistesabwesend ist.
Noch gestern habe ich deinen Eifer gelobt...
... aber heute bist du ein Taugenichts.
Ogi, übertreib nicht so...!
Sonooka-kun kommt vorerst nicht mehr dran.
Wir drehen die anderen Szenen!
...
Es tut mir leid.

ぼそ ぼそ
Hm...
... Regisseur Ogi ist wirklich streng.
Man sagt, der ursprüngliche Schauspieler für die Rolle von Yu sei ausgestiegen, weil er sich nicht mit Regisseur Ogi einigen konnte.
Na ja, da kann man nichts machen.
Mit seiner Abschlussarbeit von der Film-Universität räumte er richtig ab, seitdem gilt er als Genie.
Außerdem wollte er „Leidenschaft in Licht und Schatten" um jeden Preis selbst drehen.
Aber...
... ein Mensch wie er muss stolz und einsam sein.
Ob...
... ihn jemals jemand wirklich zufriedenstellen kann?
Ogi!

Die Ausstattung für die Szene 23 5, von der du gestern gesprochen hast...
... ist fertig skizziert, schau es dir an!
Oh...
... Du bist sehr schnell, Masato.
Wer hat mir auf der Party gedroht, dass sie bis heute fertig sein muss?!
Sei nicht böse, ich schätze doch nur deine Fähigkeiten.
Egal...
... meine Aufgabe ist es, deine Ideen zu verwirklichen.
Wenn du noch weitere Wünsche hast, sag's mir jetzt!
Hey...
... das ist Masato Shirakawa, unser neuer Artdirektor!
Wir machen jetzt Pause!
Ja, man sagt, er sei ein zweiter Kaoru Shirakawa!
Regisseur Ogi, Artdirektor Shirakawa und Miroku Tachibana... das sind doch die drei Hauptakteure dieser legendären Abschluss-arbeit...

Ich finde es krass, dass der Mann es mit Regisseur Ogi aufnehmen kann.
Wieso arbeiten sie nie zusammen?
ぽん.
Gut...
... das wäre es fürs Erste.
Wir sind auf einer Wellen-länge, findest du nicht?
Ich bin froh, dass ich dich für mich gewin-nen konnte.
Ja...
... obwohl es ärgerlich ist und mir widerstrebt. Was...

... du wirklich willst, ist nicht mein Können, sondern...
... bloß die Fähigkeit, Kaoru Shirakawas Kunst originaltreu rekonstruieren zu können.
Ja...
... deshalb liebe ich...
... dich.
Ogi!
Kann ich dich mal kurz sprechen?
Ja, klar!
ひらひら
Also, Masato...
... bis bald.

...
Also wirklich...!
Keiner...
... hat sich verändert.
In der Tat, du hast recht.
An euch hat sich nichts geändert.
Wann immer ich euch sehe, werde ich eifersüchtig.
Ist es dein Hobby, mir zuzusehen, wie ich langsam verrückt werde...
. Miroku?

Talent zieht Talent an...
... und das ist die höchste Form von Liebe. Ich beneide euch.
Seit heute Morgen...
... geht es Soichiro-kun nicht gut, ja?
Wem er das nur zu verdanken hat?!
Du hast meine Warnung, dich von ihm fern-zuhalten, völlig ignoriert.
Ich konn nicht dafü
Er hat mein Interesse geweckt.
Wenn ich mit ihm nicht schlafen kann, kann ich ihn auch nicht verstehen.
Selbst wenn du das tun würdest...
... würdest du nicht alles über ihn wissen.
Doch...
... Zumindest das, was ich von ihm wissen will.

Ob dieser Mensch mich befriedigen kann oder nicht...
... ist das Einzige, was für mich zählt.
Ich liebe die Talente der Menschen.
Nur sie können mich befriedigen, deshalb...
... will ich mit dem, dessen Talent mir imponiert, Sex haben.
Das weißt du doch...
... Masato?
Hat dich das...

...jemals wirklich befriedigen können?
Du hast die Leute kennengelernt und mit ihnen geschlafen...
...und jetzt? Was hat es dir gebracht?
Du bist nach wie vor ausgehungert.
Daran hat sich rein gar nichts...
...geändert.

Aber du...
... hast dich verändert.
Ist dieser Junge schuld daran...?

Nein...!
Mir geht...
...Kaname-sans Blick einfach nicht aus dem Kopf...
OFFIZIER 1
WARTE-ZIMMER

Dass ich mich deshalb auf meine Arbeit nicht konzentrieren kann...!
Ich bin das Aller-letzte...!
Trotzdem...
... will ich nicht, dass Kaname-san je wieder so ein Gesicht macht.
Ich bin völlig durcheinander...!
Was ist bloß mit mir los?!
Verdammt!
Es bringt nichts, hier weiterzu-grübeln.
Ich muss ihn sehen.
Ich muss mit ihm sprechen...!
Schnell...
... zu ihm...!
ガタン

area 13×ende

BROTHER×BROTHER

area 14

コト
コト

カッ
カッ
カッ
Was für ein schrecklicher Tag heute ist...!
Wenn ich Kaname-san treffe, rede ich mit ihm...
... und kläre das Missverständnis von heute Morgen auf.

Ich sage ihm, dass nichts zwischen mir und Tachibana läuft...
... und dass er...
... deswegen nicht mehr so ein Gesicht ziehen soll.
POCH
Ver-dammt...!
Wieso bin ich so nervös?

Ich gehe schnell nach Hause.
Wenn Kaname-san mir zulächelt wie immer...
... wird alles, auch meine Arbeit, bestimmt wieder so laufen, wie es soll... hoffentlich.
Wie es soll...?
...
Es tut weh...!
Warum...
... tut es so weh?

Wieso habe ich so viel Angst davor...
...dass mein Verhältnis zu Kaname-san sich verändert...?
Bin wieder da!
Das Licht ist nicht an...
Wo ist Kaname-san?
Um diese Zeit arbeitet er noch nicht, oder?

Ah...
... er ist wie immer in der Küche.
Kaname-san...
... Ähm... Ich bin zu Hause.
Was...?

Hä?!
Kaname-san?
Wieso hast du so viel gekocht...?!
Ah! Mist!
Wenn ich ohne seine Erlaubnis in die Küche komme, dann...!
Ah...
Hey! Weg hier!

Willkommen zu Hause, Soichiro.
Du bist heute aber früh zurück.
Kaname-san...?
Äh... Kaname-san...
... es geht um heute Morgen.
Ach ja, Soichiro...
... Schön, dass du jetzt einen Freund hast, aber...
... dass ihr euch im Wohnzimmer so indiskret verhalten habt...
... finde ich als dein älterer Bruder nicht gut.

Da irrst du dich, Kaname-san!!
Tachibana ist nur ein Kollege! Unsere Beziehung ist nicht so, wie du denkst!
Ich...
... weiß auch gar nicht, wieso er sich so benommen hat!
Also...!
„Schön, dass du einen Freund hast“...?!
Aber wieso hat er dann so geguckt, als hätte ich ihm wehgetan?
Ich dachte, ich hätte ihn verletzt...
... und konnte mich auf nichts mehr konzentrieren!
Soichiro...

... Tut mir leid, aber ich habe jetzt wirklich viel zu tun.
Können wir später darüber reden?
Nh...!
Du hast viel zu tun...?!
Wozu hast du so viel Essen gemacht?!
Das reicht doch, oder?
Hey, Kaname-san...!
Wenn du Hunger hast, dann iss schon.
Kaname-san!
Hör mir bitte zu!
Mist...!

Hab ich mir das alles nur eingebildet?!
Wieso bin ich so aufgeregt...?
ズキン
Bin ich ihm völlig egal?!
...
Verdammt...!
ズキン
Kaname-san ist nur mein Bruder...
...und es ist ihm egal, mit wem ich zusammen bin...
... Und trotzdem...
... Wieso...

...Wieso tut es mir schon so weh, wenn er sich nicht zu mir umdreht?
Hey...!
Sieh mich an!
Kana-me-san...!

Sorry, das war...
... zu grob.
Dass Kaname-san so ein Gesicht macht, sehe ich zum ersten Mal.
Sein Blick... als würde er alles von sich weisen wollen...!
Soichiro...
... Es ist besser, wenn wir uns nicht mehr in unsere Privatangelegen-heiten einmischen, auch wenn wir Brüder sind.

Kaname-san?!
Ich habe schon heute Morgen mit Masato darüber gesprochen.
Ich werde mich nicht mehr von Masato wegen meines Traumas abhängig machen und...
... versuche auch, dich nie wieder zu belästigen.
shalb...
... brauchst du dich...
... nicht mehr um mich zu kümmern.
Was soll das...?! Die Frage ist nicht, ob ich mich...
... um dich kümmern muss!

Es ist eine Selbstverständlichkeit, dass wir uns gegenseitig helfen wollen, denn wir sind Brüder!
Du verhältst dich seltsam!
Seltsam bist wohl eher du.
Wir sind Brüder... deshalb dürfen wir das nicht...!
Was dürfen wir nicht?!
Was können wir nicht, wenn wir Brüder sind?!
Brüder...
... dürfen so was nicht machen...!

Du weißt doch...
... dass ich krank bin.
Ich hatte eine Affäre mit meinem Bruder...
... ich habe chreckliche inge getan.
Ich könnte jederzeit wieder in diesen Zustand verfallen, solange meine Krankheit nicht kuriert ist.
Nie wieder...
... will ich mich vor deinen Augen so schamlos verhalten...!
Du und ich, wir müssen gewöhnliche Brüder sein.
Ich bin sicher, dass du einen anständigen Partner brauchst.
Deshalb vergiss mich...!
Pass nicht mehr auf mich auf!

...
ギリ.
Dann...
... sag mir...
... was du unter...
... „Brüder sein" verstehst, Kaname-san!
Ich bin zufrieden, wenn ich dein Bruder sein kann, deshalb...
... bitte halt dich von mir fern, Soichiro!

Keiner mischt sich in die Sachen des anderen ein...
... Jeder ist bei seinen Problemen auf sich allein gestellt...
... Ist es das, was du unter „Brüder sein“ verstehst?
Weil wir Brüder sind, dachte ich, dass ich immer bei dir bleiben kann und...
... dass wir uns gegenseitig helfen und unterstützen.
Erinnerst du dich...
... noch an meine Worte?
Daran, dass ich dich lieb habe?

Ich habe das gesagt, weil ich an deiner Seite bleiben will.
Aber...
... du sagst, dass ich nicht bei dir bleiben darf...
... und auch nichts für dich tun soll, weil wir Brüder sind.
Was soll ich denn jetzt machen?!
Antworte mir, Kaname-san!

Wenn nicht als dein Bruder, als...
... was kann ich dann bei dir bleiben?!

BU
BUMM
BU
BUMM

...
Ent... schuldige...
Was...
..hab ich da gerade nur gesagt...?
Ob ich...

Ob ich Kaname-san...?
...
Soi...?

...
Nein...
... du irrst dich...!
Du bist zu jedem viel zu nett.
Ich habe dein Mitgefühl...
... nicht verdient...!

...
So kann es...
... nicht weiter-gehen...!
Ich...

Ich will...
... dich nicht verlieren...!
area 14 × ende

BROTHER × BROTHER

HIROTAKA KISARAGI

BROTHER×BROTHER
area 15

BROTHER × BROTHER

HIROTAKA KISARAGI

Ach...

... da du bist ja, Soichiro.
Ich habe gehört, dass die Dreharbeiten heute nur den halben Tag gehen.
Hepp!
Ich habe dich gesucht, du warst nicht im Aufenthaltsraum.
... Masato-san...
ガシャ
... was ist das...?
... Iss!

Hä?
Was Kaname kocht...
... darf nicht verkommen.
Ah...!
Ist das... von gestern...?
Ich habe es extra eingepackt, für einen Idioten, der ohne Abendessen von zu Hause weggelaufen ist.
Sei dankbar!
Hier!

Also, was war da gestern...
パキ
... zwischen dir und Kaname?
Na ja...
... ich weiß ja ungefähr, was der Grund war.
...
Ich wusste nicht...
... wieso Kaname-san derart verletzt war.

Er...
... sah, wie Miroku dich küsste.
Da mir die Frage „Wieso?“ nicht mehr aus dem Kopf ging...
... rannte ich nach Hause und fragte Kaname-san danach.
Aber...
... Kaname-san wollte mich nicht mal ansehen.
Mir hat es...
... unheimlich wehgetan, dass Kaname-san sich nicht...
... zu mir gedreht hat.

Deshalb...
... drehte ich ihn zu mir.
Er sagte dann, dass sich keiner von uns beiden in die Privatangelegenheiten des anderen einmischen solle, weil wir Brüder sind.
Das fand ich gemein...
... und...
... ich verlor die Beherrschung.
„Wenn nicht als dein Bruder, als...“
„... was kann ich dann bei dir bleiben?!“...
... sagte ich zu ihm.
Kaname-san...
... hat mich...
... dann angeguckt, als würde er gleich weinen.

Ich wusste nicht mehr, was ich tun sollte, deshalb...
... bin ich von zu Hause weggelaufen.
Seitdem suche ich eine Erklärung...
... aber...
... egal, wie lange ich überlege, ich komme jedes Mal zum selben Ergebnis.
Sag, was ich tun soll...!
Ich glaube...
... ich habe Kaname-san wirklich sehr gern.

...
Ach so....
...
Überrascht dich das nicht...?
GRINS
Nein...
... ich wusste das schon lange.
Hä?!

Fffh...
Wie.
Ich hab's doch selber gerade erst bemerkt!
Hör zu, ich...
... lebe doch nicht umsonst mit euch zusammen.
Hier, greif zu!
Ihr seid leicht zu durchschauen und...
... ich habe euch beobachtet.
...
Ach...?
Danke
...
Sag mal, Masato-san...
Hm...?

Ich...
... verstehe trotzdem nicht...
... was Kaname-san...
... derart erschüttert hat.
...
Ist doch klar, ich meine...
... jeder wäre schockiert, wenn er sehen würde, wie der Mensch, den er liebt...
... zu Hause einen Fremden küsst, nicht wahr?

Hä...?
~~~~~~~ ?!
Wie...
... würdest du dich fühlen, wenn Kaname vor deinen Augen jemanden, den du nicht kennst, küssen würde?
Dann würde ich...!
Ah...!
Hast du's jetzt...
... begriffen?
GRINS
Ja...
... ich habe verstanden...
~~~~~~~

ぽす
Ach ja, und...
... danke auch dafür!
ガチャ
Sorry...
... und vielen Dank, Masato-san!
Ich...
... gehe nach Hause!
...
Oh Mann...
... Mein kleiner Bruder macht echt Arbeit...

ぱんっ
Was mir...
... noch Sorgen macht...
... ist, wie Miroku weiter vorgehen wird.
DING DONG

DING DONG
DING DONG
DING DONG
DING DONG
カチャ
...
Ja bitte?
Guten Tag.

Mir ist aufgefallen, dass ich mich dir neulich nicht vorgestellt habe.
Also... Hallo erst mal. Ich bin Miroku Tachibana.
Soichiro-kun passt immer so lieb auf mich auf...
Nh...!
Soichiro ist im Moment unterwegs.
Zu Hause ist niemand...
Macht nichts.
Heute wollte ich dich sehen.
Kaname Shirakawa-san...
... oder sollte ich besser sagen...

...!!
... Kaname Nioka-san?
Sollen wir hierbleiben oder...
... wäre dir ein kleiner Spaziergang lieber?

Also..
... es läuft alles nicht so wie ich wollte...
... und ich habe überlegt, wieso. Mir ist klar geworden, dass du die Ursache sein könntest.
Deshalb kam ich her, um dich persönlich zu treffen.
...
„Ursache“...?
Ich spreche ganz offen zu dir.

Ich will Soichiro...
... aber du stehst mir im Weg.
Ich tue alles, was in meiner Macht steht, um das, was ich haben will, auch zu bekommen.
Damit meine ich...
... natürlich auch Sex mit dieser Person.
Nh...!
Ich habe mich über dich schlau gemacht.
Ich habe diverse Informanten in meinem Bekanntenkreis, die sich in solchen Angelegenheiten gut auskennen.

Du bist...
... der Sohn von Sakurako Nioka, der berühmten Schauspielerin, richtig?
Ich mochte, wie sie gelebt hat.
Für ihre schauspielerische Karriere nutzte sie jeden Menschen aus und wurde so erfolgreich.
Ihre Schönheit hast du geerbt.
Ngh...!
Ich bin sicher, dass auch dich schon viele geliebt haben...
... nicht wahr?

Hör auf!
Ach ja...
... noch etwas...
Ich bin unter ähnlichen Umständen aufgewachsen.
Mein Vater ist ein weltbekannter Choreograf und meine Mutter ist eine Tänzerin, seine Primadonna.
Talent ist alles, was in unserer Welt zählt, und es wird nur den Auserwählten zuteil, lehrten sie mich...
... schon seit meiner Kindheit.
Deshalb...
... liebe ich die Talente der Menschen.

Nur ihre Talente können mi befriedige
Und um mein Talent zu steigern, ist mir jedes Mittel recht.
Dafür bin ich natürlich auch bereit, meinen Körper zu nutzen.
Du hast...
... auf ganz ähnliche Weise gelebt, nicht wahr?
Ich habe gehört...
... dass du eine Beziehung mit dem Geliebten deiner Mutter hattest...
Sag das nicht!
Was weißt du schon davon?!

Ich hatte keine andere Wahl, wenn ich überleben wollte, deshalb...!
Ich wollte nicht, niemals...!
Und trotzdem schiebst du die Schuld auf andere...
„Ich wollte nicht"?
Wo ist der Unterschied? Ob gewollt oder ungewollt, du hast die Mittel genutzt, oder nicht?
... Deine Feigheit regt mich auf!

Du spielst das Opfer, damit du bemitleidet wirst...
... Du machst dir das Leben leicht, was?
Soichiro ist ein netter Mensch...
... deshalb kann er dich nicht ignorieren.
Sag mal...
... wieso hörst du nicht auf, Soichiro auszunutzen, obwohl du ihn gar nicht liebst?
Du hast unrecht!
Ich... habe ihn doch...!

Du hast ihn lieb...
... wolltest du das sagen?
Obwohl du so unfähig bist, dass du nicht mal leben kannst...
... ohne dich von jemandem abhängig zu machen?
Vielleicht...

... bin ich noch nicht reif genug.
Ich bin Soichiros Liebe nicht wert.
... dass ich mir selbst keinen Halt geben konnte.
Deshalb habe ich die anderen ausgenutzt.
Ja, das habe ich getan, um zu leben.
Aber...
... ich will das nicht mehr, deshalb...
... versuche ich – wenn auch erst so spät –, mich auf eigene Faust zu ändern!

So, wie du lebst, bist du sicher stark...
... aber...
... Menschen sind keine Werkzeuge.
Auch wenn du mit jemandem schläfst, um ihn auszunutzen...
... es bringt dir rein gar nichts!
...
„Schön, dass du einen Freund hast", habe ich gestern zu Soichiro gesagt, aber...
... das nehme ich zurück.

Dir...
... werde ich meinen gelieb-ten Bruder Soichiro niemals anvertrauen!

Genau...
... So was kann mir nichts anhaben.
Ich werde...
... ein neuer Mensch...!
Leidenschaft in Licht und Schatten
area 15 × ende

BROTHER × BROTHER

HIROTAKA KISARAGI

BROTHER×BROTHER

area 16

Aah...
... Hahaha!
Schon wieder...
... fliegen Soldaten davon.

Aah...
... Ob morgens oder abends, die Alarmglocken läuten unentwegt.
Diese Welt...
... und ich selbst...
... alles ist wahnsinnig geworden.
Mir ist so heiß...!
Wieso...
... geht nicht schon längst alles in Flammen auf...?

Haha...
... Hahahaha...!
Sag nicht solche gemeinen Dinge.
Willst du etwa sterben?
Ob ich sterbe oder mit dir schlafe, ist doch dasselbe.
Um zu überleben...
... „sterbe“ ich auch in dieser Nacht, so wie in jeder anderen Nacht auch.

Ah...!
Aah...
Aaah...!

Der...
... Regen wird stärker...
Ich muss schnell nach Hause.
Ich nehme eine Abkür-zung.
Ich...
... werde es Kaname-san sagen.
Diesmal sage ich ihm...
... wie ich fühle...!

Ich habe ihn...
...ohne es zu merken, die ganze Zeit über verletzt.
Ich war überfordert mit meinen eigenen Gefühlen...
...und habe nicht daran gedacht, wie Kaname-san empfindet.
...
Tachibana...?

Hi...
... Soichiro.
Was machst du hier?
...
Ich wollte nicht, dass du mich so siehst...
... aber egal.
Mir ist alles egal geworden.
Tachi-bana?
Ich...
... habe vorhin deinen Bruder getroffen...
... Ihn, Kaname Nioka-san.

„Nioka“...?!
...
Du reagierst auf diesen Namen? Dann kennst du also auch...
... das Geheimnis deines Bruders.
Was hast du zu Kaname-san gesagt?!
Natürlich...
... die Wahrheit.
Dass er mit dem Geliebten seiner Mutter geschlafen hat...
... und dass er seinen Körper benutzt hat, um sich selbst zu schützen.
Wa...?!
Ah, versteh mich nicht falsch.
Ich sage nicht, dass das, was er getan hat, falsch war...
... aber...

... als ich zuletzt bei euch war, habe ich erkannt...
... dass er mittels seiner Vergangenheit dein Mitleid erregen will und...
... dich zu seiner Erlösung auserkoren hat.
Das ist...
... pure Feigheit.
Ngh...!
Darum...
... wollte ich dich warnen.
Aber...
... du wirst nicht zum Opfer seiner List und glaubst nicht...
... etwa, du seist verliebt in ihn, oder?

Danke auch für deine Einmischung!
Was weißt du schon von Kaname-san?!
Und wieso tust du das alles?!
Wieso?
Ich sagte doch bereits...
... dass ich dich interessant finde.
Du gefällst mir...!
Darum beseitige ich alle, die mir im Weg stehen! Das ist doch selbstverständlich, oder nicht?!

Hahaha!
Haha...! Oh Mann!
Aber du und dein Bruder...! Wieso tanzt ihr nicht nach meiner Pfeife?
Bisher lief immer alles so, wie ich es wollte.
Kaum verlocke ich jemanden, schon fällt er mir in die Hände.
Aber ihr bleibt unerschütter-lich...!
Das ist wirklich langweilig!

Zuerst...
... war ich aus reiner Neugier an dir interessiert.
Obwohl du weder begabt noch irgend-wie besonders bist...
... mögen dich alle, sogar der wählerische Regisseur Ogi. Ich wollte wissen, wieso.
Ich dachte, wenn ich...
... dich habe, habe ich auch die Antwort darauf.
Aber...
... die Realität bleibt mir so unbe-greiflich.
Mir ist das alles jetzt egal.
Sollte ich einfach...

... alles
zerstören?
... So ein
Unsinn!

Glaubst du wirklich, du könntest irgendetwas erreichen...
... indem du allen anderen auf der Nase herumtanzt?!
Wenn du verrückt werden willst, dann werde es allein!
Wenn du meinem Kaname-san wieder etwas antust...
... werde ich dir das niemals verzeihen!

Kaname-
sa...!

Kaname-san?!
Was ist los?! Alles okay?!
Ein Video...?!
...
Soichiro...?
Kaname-san...
... Wieso...? Was hast du dir angeschaut?
...
Das...

...!
Ist das „Leidenschaft in Licht und Schatten"?!
Ich wollte...
... versuchen, mich mit meiner Mutter auseinanderzusetzen...
... weil ich mich entschieden habe, nicht mehr zu fliehen.
Wenn ich mich an meine Mutter erinnere, kommt immer alles wieder hoch, was damals war.
Ich dachte, ich könnte mich verändern, wenn ich es schaffen würde, dieses Video bis zum Ende zu sehen...
... ohne dabei einen Anfall zu bekommen.

Ngh...!
Das ist purer Wahnsinn...!
Aber...
... keine Sorge.
Ich...
... konnte das Video bis zum Ende sehen.

Kaname-sa...?!
Was hast du gemacht?! Deine Hand ist verletzt!
Das musst verbunden werden...!
Ah...
... nicht nötig.
Es soll...
... doch wehtun.
Auf diese Weise muss ich keinem zur Last fallen.
So brauche ich auch keinen Sex mehr.
So kann ich meiner Angst standhalten.

Wieso...
... habe ich das nicht schon früher gemerkt?

Ist...
... schon gut.
Sag nichts.
Es ist alles in Ordnung.
Hab bitte...
... keine Angst mehr.
Von jetzt an...

... werde ich immer...
... an deiner Seite sein.
Deshalb...
... zwing dich zu nichts mehr.
Es hat bestimmt...
... immer sehr wehgetan, nicht wahr?
...
Ja...

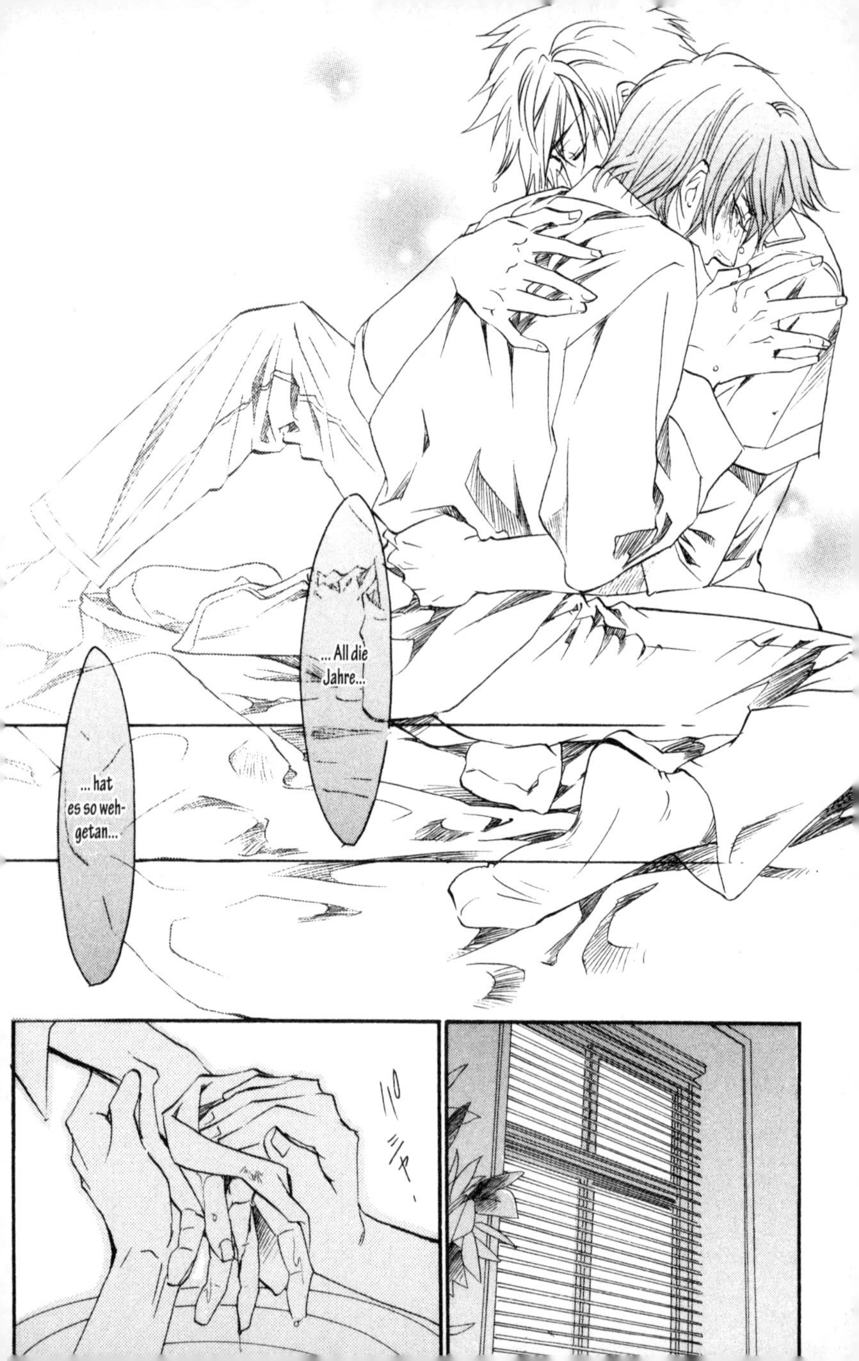
... All die Jahre...
... hat es so weh-getan...

Soichiro...
... ich war...
... ein ungewolltes Kind.
Deshalb...
... musste ich etwas opfern, um überleben zu können.
Man ließ mich leben, wenn ich den Sex mit meinem Stiefvater über mich ergehen ließ...
... darum brauchte ich es, ganz gleich...
... wie sehr ich darunter litt.
Für mich...
... sind Sex und Schmerzen dasselbe.

Ich weiß nicht, ob...
... ich ohne sie überhaupt leben dürfte...
... das macht mir eine Riesenangst...
... und bereitet mir diese Qualen.
Deshalb...
... brauche ich die Schmerzen, um weiterzuleben.
Wenn das so ist...

... werde ich...
... dir die Schmerzen nehmen.
Das klingt sicherlich hart für dich...
... aber...
... ich will nicht, dass du dich verletzt.
Du brauchst keine Schmerzen, um zu leben.
Du musst dich nicht opfern, um leben zu können.
Du...
... kannst ohne all das weiterleben.
Wenn du trotzdem...
... irgendetwas zum Leben brauchst, dann...

... werde ich dir...
... Dinge geben, die alles andere sind als Schmerz.
Glück...
... Freude...
... alles, was dir guttut...
... Ganz gleich was...
... Alles!
...
Egal was...?

Ja!
...
A...
Auch...
... Liebe...
... zum
Beispiel?
BUBUMM

Ah!
Natürlich!
Ich...
... liebe dich doch...
... Kaname-san!
...
Hast du...
... mich wirklich gern?
Natürlich!
Hab ich doch gesagt.

Dann...
... darf ich dich...
... auch gernhaben?
Natürlich!
So viel du willst.
Liebe mich...
... so viel du willst!

Sag mir...
... dass du mich liebst, so oft du kannst.
Ich sage dir auch so oft ich kann...
... wie wahnsinnig ich dich liebe.
Soichiro...
Ja...?
Ich...

... liebe dich...!
...
...あ
Nh...!
Keine Angst...
Ich tue es nicht.

Bis du nicht mehr das Gefühl hast, dass Sex wehtut...
... mache ich nichts.
Ich möchte nur...
... dafür sorgen, dass du dich wohlfühlst...
SSP
Ah...
Nh...
Nh...!

Ah...!
Ah...!
Aah!
Lass uns...
... zu-sammen...!
Ja...
... Ich auch...!
びくん
Nh...!

Hey...

Was soll das Gesicht.
... Miroku?
...
Du bist immer so unverschämt, Masato.
Steig ein!
Ich fahr dich.
...
Ich brauche dein Mitleid nicht.
Lass mich raten...
... Soichiro hat dich...
... abserviert, was?
Ngh...!
Tja, das...
... ging wohl in die Hose...

Er...
... kann einem auch schon mal Angst einjagen, obwohl er nicht so aussieht.
Ja...
... Ich bekam richtig Angst vor ihm.
Bei den Dreharbeiten konnte er mich nicht schlagen.
Dass er dann für jemand anderen...
... so hart werden konnte...!
Das begreife ich nicht.
Wenn du...

Wenn du aufhören würdest, immer nur alle zu beneiden...
... und endlich mal echte Liebe fühlen würdest, könntest du verstehen.

Ich
beneide
doch...
... nie-
manden...
area 16 × ende

Hallo, alle zusammen! Und an diejenigen, die mich noch nicht kennen – freut mich!
Ich bin froh, dass ich den 3. Band von „Brother x Brother“ veröffentlichen konnte! Diesmal tauchte ein neuer Chara (Miroku) auf, aber um ehrlich zu sein, kam er schon mal inkognito auf Seite 132 des ersten Bandes vor. Damals hätte ich nicht gedacht, dass er sich zu so einem Chara entwickeln würde... Er wurde extravaganter, als ich geplant hatte, aber es hat mir sehr viel Spaß gemacht, ihn zu zeichnen. Apropos, am leichtesten fällt es mir, Soichiro zu zeichnen (lach).
Soichiro und Kaname sind endlich zusammen, und das beschließt einen Teil der Story. Jetzt geht das Hin und Her erst richtig los – außerdem erfahrt ihr mehr über die Handlung des Films, also seid gespannt!

Zum Schluss: Wieder mal besten Dank an meine Redakteurinnen F-sama und T-sama, die mit mir das Chaos bewältigt haben, und an I-sama, an M-chan, Tda-san, T-mi und alle anderen, die mich unterstützt haben!

Hirotaka Kisaragi

nachwort × ende

BROTHER × BROTHER

HIROTAKA KISARAGI

BROTHER × BROTHER

HIROTAKA KISARAGI

„Brother x Brother" von Hirotaka Kisaragi
Aus dem Japanischen von Ai Aoki
Originaltitel: „Brother x Brother" Vol. 3

verlegt durch EGMONT Verlagsgesellschaften mbH, Gertrudenstraße 30-36, 50667 Köln

1. Auflage
Redaktionsleitung und verantwortlich für diese Ausgabe: Alexandra Germann
Redaktion: Tamara Kastl
Textbearbeitung: Marcel Le Comte
Lettering: MOX
Covergestaltung: Wolfgang Schütte
Koordination: Nadin Kreisel
Buchherstellung: Simone Nauerth
Druck und Verarbeitung: CPI – Clausen & Bosse, Leck
ISBN 978-3-7704-6947-5

SHTOPPU!

Koko wa kono manga no owari dayo.
Hantaigawa kara yomihajimete ne!
Dewa omatase shimashita!
Tanoshii hitotoki wo dozo!

EMA-Manga Chiimu

STOPP!

Das ist der Schluss des Mangas.
Fangt bitte am anderen Ende an!
Und nun genug der Vorrede,
viel Spaß beim Lesen!

Euer EMA-Manga-Team